AF357823

Vente du Vendredi 17 Avril 1885

HOTEL DROUOT, SALLE Nº 2

A DEUX HEURES

PORCELAINES ET FAIENCES

SCULPTURES

BRONZES D'AMEUBLEMENT

IMPORTANT MOBILIER

OBJETS VARIÉS

EXPOSITION PUBLIQUE

Le Jeudi 16 Avril 1885, de une heure à cinq heures.

Mᵉ ESCRIBE	M. CH. MANNHEIM
COMMISᵗᵉ-PRISEUR	EXPERT
rue de Hanovre, nº 6	rue Saint-Georges, nº 7

PARIS — 1885

Vᵛᵉ RENOU ᴇᴛ MAULDE

IMPRIMEURS DE LA COMPAGNIE DES COMMISSAIRES-PRISEURS

Rue de Rivoli, 144

CATALOGUE

DES

PORCELAINES ET FAIENCES

PIÈCES MONTÉES

SCULPTURES EN MARBRE

BRONZES D'AMEUBLEMENT

MEUBLE DE SALON

Couvert en tapisserie d'Aubusson

Consoles sculptées, Tables, Sièges, etc.

RIDEAUX

DONT LA VENTE AURA LIEU

HOTEL DROUOT, SALLE N° 2

Le Vendredi 17 Avril 1885

A DEUX HEURES

Par le ministère de **M° ESCRIBE**, Commissaire-Priseur,
rue de Hanovre, 6,

Assisté de **M. CHARLES MANNHEIM**, Expert,
rue Saint-Georges, 7,

CHEZ LESQUELS SE DISTRIBUE LE PRÉSENT CATALOGUE.

EXPOSITION PUBLIQUE

Le Jeudi 16 Avril 1885, de une heure à cinq heures.

PARIS — 1885

CONDITIONS DE LA VENTE

—

Elle sera faite au comptant.

Les Acquéreurs paieront en sus des adjudications CINQ CENTIMES PAR FRANC applicables aux frais.

L'Exposition mettant le Public à même de se rendre compte de l'état des Objets mis en vente, aucune réclamation ne sera admise une fois l'adjudication prononcée.

DESIGNATION

PORCELAINES

1 — Deux Coupes en porcelaine genre Sèvres, fond gros bleu, à médaillons d'oiseaux et garnies de montures à anses en bronze ciselé et doré.

2 — Deux très grands Candélabres composés de vases ovoïdes en porcelaine tendre fond bleu turquoise, à médaillons dans le goût de Watteau, montés en bronze doré et garnis de sept branches de tulipes porte-lumières en bronze doré.

3 — Deux Corbeilles ovales en porcelaine de Saxe, à anses Têtes de béliers.

4 — Deux Corbeilles analogues à celles qui précèdent.

5 — Deux Corbeilles ovales en porcelaine de Saxe, à anses carrées.

6 — Deux Coupes ovales sur piédouche, à anses Têtes de béliers et festons de feuilles de chêne.

7 — Deux belles Soupières ovales avec plateaux en porcelaine de Saxe, à anses Têtes de béliers dorées et festons de laurier en relief.

8 — Cygne en porcelaine moderne de Saxe.

9 — Dix Assiettes en porcelaine de Sèvres, décorées de Vues de châteaux.

10 — Grande Tasse et Plateau en ancienne porcelaine tendre de Chantilly, à décor de style japonais.

11 — Neuf Assiettes en porcelaine de Chine.

FAIENCES

12 — Service en faïence du Midi, décor polychrome à fleurs et oiseaux, composé de : 42 Assiettes plates, 12 Assiettes creuses, 2 Soupières oblongues, 13 Plats ronds, 5 Compotiers, 3 autres Compotiers ovales (Sera divisé).

13 — Service en faïence de Lorraine, décor polychrome à bouquets et bordure carmin, il se compose de : 45 Assiettes, 12 Plats ronds et longs, 2 Soupières oblongues, 2 Soupières rondes, 2 Corbeilles ovales avec plateaux, 3 Corbeilles rondes aussi avec plateaux, 2 Seaux à rafraîchir.

14 — Grande Fontaine italienne, à dauphin et roseaux en relief décorés en couleur.

15 — Soupière en faïence, à décor d'ornements rocaille et de coquillages en relief, fond marbré, couvercle surmonté d'un groupe : Lion terrassant un chien.

16 — Chou en faïence de Bruxelles, émaillé au naturel.

17 — Chou de même faïence.

18 — Légumier en forme de fleur, à pétales rouges.

19 — Deux Beurriers, de même forme.

20 — Plat long en faïence de Rouen à la corne.

21 — Grand Plat rond en Rouen, à décor bleu.

22 — Deux Coupes à pied, en faïence d'Urbino, décor
polychrome.

23 — Boîte à épices, citron entouré de fleurs.

24 — Dix Assiettes en faïence, modèle feuilles de
choux, décorées au naturel.

25 — Beurrier en Strasbourg, décor à fleurs, couvercle
surmonté d'une vache couchée.

26 — Deux Crachoirs en Rouen, une Gargoulette en
Moustiers.

27 — Sucrier en Strasbourg, décor à fleurs peintes et
fleurs en relief.

28 — Pot-Pourri en faïence du Midi, avec oiseau sur un
tronc d'arbre.

29 — Beurrier en ancienne faïence allemande (Enfant
couché sur un oiseau).

30 — Vase à paroi réticulée en faïence allemande, orné
de fleurons bleus et jaunes.

31 — Sucrier oblong adhérent au plateau en Nider-
viller, à fleurs en polychrome.

32 — Théière à feuillages et insectes, et Vide-Poche
formé d'une fleur.

33 — Porte-Burettes à bords festonnés et anses faites de branchages, en faïence italienne.

34 — Cafetière en faïence de Venise, fleurs peintes et gaufrées en relief.

35 — Petite Potiche entourée de branches fleuries en relief émaillées au naturel.

36 — Grand Perroquet en faïence émaillée (moderne).

37 — Deux Oiseaux, même faïence.

38 — Violon à armoirie et sujet Watteau, dans le goût de la faïence de Marseille.

39 — Plat à mascarons en relief, ancienne faïence italienne.

40 — Plat à branchage en relief sur le marli.

41 — Deux Corbeilles et Plateaux.

42 — Plat rond en Delft polychrome.

43 — Assiette à paysage en faïence de Milan.

44 — Six Plats et Assiettes variés, en Strasbourg.

45 — Deux Plateaux en Delft, décor bleu.

46 — Deux Porte-Bouquets à branchages en relief.

47 — Deux Cornets et une Bouteille en faïence de Delft.

48 — Potiche en vieux Delft, à inscription.

49 — Deux Saucières, en ancienne faïence de Strasbourg, à fleurs.

50 — Jardinière, forme commode, en ancienne faïence dé Moustiers.

51 — Théière, décor à fleurs, en Strasbourg.

52 — Plat rond en ancienne faïence de Rouen, décor bleu a rosace et bordure à lambrequins.

53 — Plat rond en ancienne faïence de Rouen, bleu et rouille, à corbeille et bordure à lambrequins.

54 — Plat oblong en Rouen polychrome, à figures et ornements de style chinois.

55 — Bannette en Rouen polychrome, à la corne tronquée.

56 — Bannette, en Rouen à la corne.

57 — Plat en ancienne faïence de Perse, gerbes de fleurs et grandes feuilles dentelées en émaux de couleur.

58 — Petit Plat en Rouen à la corne.

59 — Autre petit Plat, à la corne.

60 — Grand Plat long en Rouen polychrome, corbeille au centre et bordure ornée sur le marli.

61 — Petit Plat, en Delft polychrome, au tonnerre.

62 — Plat en Delft fond vert, à réserves de fleurs.

63 — Quatre petits Plateaux en faïence du Midi, à fleurs.

64-65 — Cinq Compotiers creux, ovales et cotelés, en faïence du Midi, à fleurs.

66 — Deux Plateaux ovales, à anses.

67 — Deux Plats en Moustiers, un à décor bleu, l'autre
en camaïeu vert, à grotesques.

68 — Un Plat et trois Assiettes à fleurs, de Hanong.

69 — Douze Assiettes en faïence du Midi.

70-73 — Dix Plats, deux longs et huit ronds, en Marseille, à fleurs.

74 — Grand Plateau oblong, à deux anses, en faïence
de Marseille.

75 — Deux Plateaux à piédouche, à fleurs.

76-78 — Six Boîtes à épices, couvertes, décor à fleurs,
et deux petits Plateaux ronds.

79 — Deux Compotiers à bords festonnés, décor à fleurs,
Hanong.

80 — Huit Assiettes de Strasbourg.

81 — Trois Assiettes en Moustiers, décor bleu.

82 — Deux Compotiers à bords contournés, à fleurs.

83 — Vingt-sept Assiettes de Marseille, de différents
décors.

84 — Chope en faïence de Perse.

85 — Deux Assiettes hollandaises en terre de pipe.

MARBRES

86 — Marbre blanc. Deux Statuettes, d'après l'antique :
Apollon et Vénus callypige.

87 — **Marbre blanc.** Sept Statuettes de saints person-
nages debout (Ce lot sera divisé).

—

BRONZES D'AMEUBLEMENT

88 — Très grande Pendule en bronze doré à l'or
moulu, en forme de vase bleui, à anses têtes
de satyres, reposant sur un socle élevé, orné
d'un mascaron tête de femme, de festons de
fleurs, et garni sur les côtés de deux figures
d'enfants assis.

89 — Deux très grands Candélabres à vases ovoïdes,
en bronze bleui, montés en bronze doré à
mufles de lion et festons de fruits. Chacun
d'eux est garni de sept branches de lys porte-
lumières en bronze doré. Ces Candélabres peu-
vent accompagner la Pendule qui précède.

90 — Douze Lampes en bronze doré disposées pour le
gaz et reposant sur des socles également en
bronze doré, composés de deux cariatides
d'enfants et de rinceaux.

91 — Grand Lustre en bronze doré et cristaux, à cin-
quante-quatre lumières.

92 — Quatre Bras-Appliques à dix lumières, accompagnant le lustre qui précède.

93 — Deux Chenets, de style Louis XVI, en bronze
doré, avec galeries et figures d'enfants.

94 — Deux Lustres en bronze verni, ornés de figurines d'enfants.

95 — Garniture d'autel en cuivre, composée de six Flambeaux, un petit Lustre et quatre Appliques.

96 — Deux Lampadaires, de style antique, en bronze doré, à figures de sphinx.

97 — Deux Coupes à fruits à deux tablettes de cristal, sur pied en bronze ciselé et doré. à figurines d'enfants et oiseaux.

98 — Lustre en bronze à trente lumières, garni de cristaux.

99 — Grande Pendule Empire en bronze doré au mat, à figures de style antique et socle en marbre griotte, orné d'un bas-relief en bronze doré.

100 — Deux grands Candélabres formés chacun d'un vase ovoïde en porcelaine bleu turquoise, genre Sèvres, monté en bronze doré et garni de branches porte-lumières.

MEUBLES

101 — Meuble de salon de style Louis XIV, en bois sculpté et doré, couvert en tapisserie d'Aubusson, à fond ponceau et décoré de fleurs et de rinceaux polychromes. Il se compose de : deux très grands Canapés, deux Canapés plus petits, huit grands Fauteuils et douze Chaises.

102 — Quatre paires de Rideaux en tapisserie d'Aubusson, accompagnant le meuble qui précède.

103 — Grande Table de style Louis XIV, en bois sculpté et doré. Le dessus est en molleton.

104 — Deux Consoles en bois sculpté et doré, à cariatides d'animaux fantastiques et à dessus de marbre blanc.

105 — Deux petites Consoles, de même travail, à quatre pieds, dont deux ornés de mascarons.

106 — Deux Tables à jouer, en bois de palissandre incrusté de filets de cuivre.

107 — Deux Fauteuils en bois de chêne, couverts en velours grenat, à montants tournés.

108 — Douze Chaises, de même travail.

109 — Douze Prie-Dieu, également de même travail.

110 — Balustrade en bois de chêne, de style gothique.

111 — Quatre Gaînes carrées en bois de palissandre.

112 — Console d'angle, dorée, à figure de satyre.

113 — Feuille d'écran en tapisserie moderne d'Aubusson, à armoirie et fleurs de lys.

114 — Satin à rayures vertes et festons de fleurs chinés, environ 12 mètres.

115 — Deux Rideaux en brocatelle à fleurs jaune d'or sur fond rouge.

116 — Deux autres Rideaux en brocatelle rouge.

117 — Sept grands Rideaux en cretonne.

118 — Porte-Cartons en bois noirci.

119 — Garniture de Toilette en cristal de Baccarat, à facettes.

120 — Deux grandes Peintures décoratives.

121 — Grande Pendule et son Socle-Console en corne verte, garnis de bronzes, époque Louis XV.

122 — Ancien Tapis d'Orient.

123 — Grand Meuble à deux corps, formant Bureau et Cabinet, en laque du Japon à rehauts d'or.

Vᵉ Renou et Mauldе, imprimeurs de la Compagnie des Commissaires-Priseurs rue de Rivoli, 144.   300—56954